NOTICE

SUR

M. LE BERRIAYS,

Collaborateur de DUHAMEL-DUMONCEAU, pour le Traité des
Arbres fruitiers, auteur du Nouveau de la Quintinye et
d'autres ouvrages de jardinage, correspondant de la Société
d'Agriculture du département de la Seine, et membre non-
résidant de la Société d'Agriculture et de Commerce de Caen,

PAR PIERRE-AIMÉ LAIR,

*Secrétaire de la Société d'Agriculture et de Commerce, et membre de l'A-
cadémie de Caen, correspondant de la Société d'Agriculture du département de la Seine, et de la Société Philomatique de Paris, etc.*

MUSIS ET AMICITIÆ

A CAEN,

De l'Imprimerie de F. POISSON.

1808.

NOTICE

SUR

M. LE BERRIAYS.

Qui fait aimer les champs, fait aimer la vertu.
DELILLE.

LES hommes qui ont joué un rôle brillant sur la scène du monde, trouvent sans peine des panégyristes. Ceux qui n'ont été qu'utiles et modestes, attendent souvent long-temps une voix qui prononce et célèbre leur nom. Quelque faible que soit la mienne, je vais la consacrer à l'éloge d'un savant recommandable, qui a mérité les regrets de tous ses concitoyens.

René LE BERRIAYS nâquit le 31 mai 1722, au bourg de Brecey, près d'Avranches, d'une famille de propriétaires cultivateurs. Ses parens voulant profiter des heureuses dispositions qu'il avait reçues de la nature, l'envoyèrent au collége de cette ville, d'où il sortit pour faire sa philosophie à celui de Vire. Dès l'âge de quatorze ans il avait terminé ses études avec la plus grande distinction : heureux présage des succès qu'il devait un jour obtenir dans le monde savant.

Quelques années après, il fut appelé à Paris par son grand oncle le père Biseault, oratorien, qui lui enseigna la théologie. M. le Berriays était d'un caractère doux et complaisant. Son oncle dirigeant

A

ses premières inclinations, l'engagea à prendre l'é-
tat ecclésiastique; mais soit que sa vocation ne fût
pas assez fortement prononcée, soit qu'il fût effrayé
des devoirs du sacerdoce, il ne voulut recevoir
que les premiers ordres.

S'il n'avait suivi que son penchant, il se serait
uniquement livré à la littérature. Ses désirs n'é-
tant point secondés par la fortune, il fut obligé
de chercher une place, qui lui procurât des moyens
d'existence. Il les trouva dans l'enseignement :
état souvent plein de dégoûts, mais dont il ne
connut que les douceurs.

M. Gilbert des Voisins, greffier en chef du
parlement de Paris, cherchait un homme sage et
instruit, auquel il pût confier l'éducation d'un fils
unique, qui était l'objet de toutes ses affections.
Il crut l'avoir trouvé dans M. le Berriays; il ne
se trompait pas. Le précepteur zélé se livra entièrement à l'instruction de son élève. Tout son
temps, tous ses soins lui furent consacrés. Afin
de lui applanir les difficultés du travail, il étudiait
avec lui ce qu'il ne lui enseignait point. Devenu
en quelque sorte son compagnon d'études, il sut
mettre à profit pour lui-même, les différens maî-
tres qu'on lui donnait. Il apprit de cette manière,
l'italien, l'anglais, le dessin, l'architecture et la
musique.

M. le Berriays n'avoit rien négligé pour former
le coeur et orner l'esprit de son élève. Il eut la
satisfaction bien douce de le voir répondre à ses
soins. L'éducation brillante qu'il avait reçue, le rendait digne d'occuper les places les plus élevées de
la magistrature. Il obtint celle de président à mor-

tier au parlement de Paris. Le jeune magistrat, loin d'oublier les leçons de son maître et la reconnaissance qu'il lui devait, ne fesait rien d'important sans réclamer ses conseils ; et trop souvent il en eut besoin, au milieu des divisions qui survinrent dans le parlement de Paris : funestes précurseurs des bouleversemens politiques, qui devaient un jour agiter notre patrie. C'est dans le malheur que l'on connaît ses amis. Le parlement fut dissout , et M. Gilbert des Voisins envoyé loin de la capitale. Rien ne put séparer M. le Berriays de son élève. Il le suivit en exil : ainsi Lafontaine et Pellisson restèrent constamment fidèles à Foucquet, disgracié. Ainsi, lorsque par suite de son dévouement pour l'infortuné sur-intendant des finances, Pellisson lui-même fut enfermé à la bastille, Tannegui Lefêvre , NÉ A CAEN, eut le courage de lui dédier son *Lucrèce*. Combien d'autres exemples ne pourrait-on pas citer de l'attachement des gens de lettres.

M. le Berriays avait formé une liaison étroite avec les littérateurs et les savans les plus distingués. Racine le fils, Gresset, Coffin, Lebeau , Crevier, Mirabeau père, Buffon, Duhamel Dumonceau l'honnoraient de leur amitié. Il développa et rectifia dans leur conversation les connaissances qu'il avoit puisées dans les livres. Il acquit dans leur société, cette justesse d'esprit et cette netteté d'expression qui l'ont toujours caractérisé.

Il eût obtenu un nom célèbre, comme homme de lettres , s'il avoit continué de suivre la même carrière ; mais le goût qu'il prît pour l'a-

griculture ; l'entraîna particulièrement vers le jardinage , cette branche variée de l'économie rurale
qui offre tant de charmes. Il vivait à une époque
où l'esprit humain , après avoir porté si loin la littérature et les beaux arts, sous le siècle de Louis
XIV , prenoit une autre direction et cherchait à
s'ouvrir de nouvelles routes. Les sciences naturelles
commençaient à être plus cultivées. M. le Berriays
connoissait tout ce qu'avaient écrit sur l'agriculture , Varron , Virgile , Columelle , parmi les anciens ; et parmi les modernes , Olivier de Serres ,
de la Quintinye , Duhamel Dumonceau.

Ce dernier qui était son contemporain , avait publié en 1755 un traité des arbres et arbustes. Il
désirait compléter ce travail , par un traité sur les
arbres à fruit ; mais l'étendue de l'entreprise l'a-
vait rébuté plus d'une fois , et sans M. le Berriays ,
cet important ouvrage n'eût peut-être jamais vu
le jour. Duhamel avait su depuis long-temps ap-
précier son mérite. Il lui proposa de l'aider dans
ses recherches. Tous deux occupés des mêmes
objets, remplis des mêmes vues , triomphèrent
des difficultés qui avaient d'abord paru insur-
montables. (1) M. le Berriays ne se bornant point
à décrire , dessina et mit en couleur , un grand
nombre d'arbres : genre de talent dans lequel il
excellait. Le traité des arbres fruitiers parut en-
fin en 1768. Il obtint en France et dans l'étran-
ger , un succès extraordinaire. Le modeste collaborateur en avait fait presque tout le travail. Ce
fut Duhamel qui en retira tout l'honneur : exem-

___

(1) Voyez la préface du traité de arbres fruitiers.

ple assez commun dans la république des lettres.

Il méditait depuis long-temps un ouvrage où il pût déposer le résultat particulier de ses observations. Il publia en 1775 deux volumes, sous le titre de *Nouveau de la Quintinye*, ou Traité des Jardins. Le premier volume comprend le jardin fruitier ; le second, le jardin potager. Ce traité lui assigna une place distinguée parmi les plus habiles agronomes.

Possédant l'estime de tous les savans de la capitale, et l'amitié de son ancien élève, il semblait n'avoir rien à désirer pour le bonheur; mais au milieu des nombreux témoignages de la considération publique, le souvenir de sa patrie vint le trouver avec tous ses charmes. Il se sentit porté d'une manière irrésistible, vers le lieu qui l'avait vu naître; vers ce séjour de la campagne où il avait passé les premières années de sa vie. Il résolut d'aller s'y fixer. La perspective d'une place à l'académie des sciences, que lui laissaient entrevoir ses amis ; une pension considérable offerte par M. Gilbert des Voisins, pour l'engager à se fixer auprès de sa personne; rien ne peut le faire changer de résolution.

Il choisit pour sa retraite la terre du *Bois-Guérin*, près d'Avranches, dans la position la plus agréable. Il jouissait du coup-d'œil étendu et varié de cette baie, au milieu de laquelle s'élève le Mont-St-Michel, autrefois connu comme prison d'état; mais bien digne encore de fixer l'attention du physicien, et les regards de l'artiste, par sa forme pyramidale et son élévation pittoresque. Il sut encore ajouter aux charmes de ces

A 4

heureux site. Tout dans ce séjour annonça bien-
tôt la demeure de l'homme de goût.

Il ne pensa plus qu'à terminer les grands travaux qu'il avait commencés, et qui nécessitaient
des expériences suivies, qu'on ne peut faire dans
les villes. Il eût difficilement trouvé un sol plus
favorable à ses observations. Si la Touraine est ap-
pellée avec raison le jardin de la France, le terroir
d'Avranches peut en particulier être regardé comme le jardin de la Normandie. Les plantes prospè-
rent dans cette terre, tout-à-la-fois féconde et hâti-
ve. Le public attendait avec impatience le troisième
volume du traité des jardins. M. le Berriays le mit
au jour, sous le titre de Traité des Jardins d'ornement. « Je ne parlerai, dit-il, ni de leur formation,
ni des ornemens vrais qui embellissent la nature, ni
de ceux que le caprice semble n'avoir inventés que
pour la rendre difforme et ridicule. Simple jardi-
nier dans cette troisième partie, comme dans les
deux premières, je me bornerai à cultiver les arbres et les plantes qui servent à décorer les jardins. »

Il mit le complément à son ouvrage en publiant
le traité de l'orangerie, dans lequel après avoir
exposé les règles de la construction des chassis et
des serres, il enseigne la culture des plantes exo-
tiques. Les gravures de cet ouvrage ont été exé-
cutées d'après ses dessins.

Le Nouveau de la Quintinye eut un grand succès, et il le méritait. « C'est un exposé exact des
connaissances théoriques et pratiques les plus in-
téressantes sur les jardins. Il me semble qu'il n'existe
sur cet objet, aucun livre qui réunisse des descrip-
tions aussi bien faites, des principes aussi solides

et d'aussi bons procédés. Ils sont simples, sans aucun mélange de puérilités et de faux préjugés, si communs dans les anciens livres d'agriculture. » Tel est le jugement de M. le Begue de Presle, censeur de cet ouvrage. Il a été confirmé par le public. Imprimé plusieurs fois, il n'a pas peu contribué à inspirer le goût du jardinage. Depuis sa publication, cet art a fait encore des progrès ; mais pour bien juger un homme et un ouvrage, il faut se reporter au temps où ils ont paru. Sous ce rapport, le travail de M. le Berriays sera toujours regardé comme un excellent traité, qui a servi de modèle à une foule d'autres, dont la France a été inondée par la suite.

Voulant le mettre à la portée de tous les lecteurs, il en rédigea un abrégé clair et précis, sous le titre de *Petit de la Quintinye*, qui parut en 1791, chez M. Lecourt, imprimeur d'Avranches, avec lequel il étoit étroitement lié. Cet abrégé fut aussi recherché que le grand ouvrage. Tout récemment encore, M. Manoury l'aîné, libraire à Caen, vient d'en donner une nouvelle édition.

M. le Berriays ne se bornoit pas à publier des livres : il regardoit la connoissance du jardinage comme une science vaine, lorque, réduite à la simple théorie, elle n'est pas éclairée par la pratique. Il ne consacrait même à la composition de ses ouvrages, que le temps qui n'était pas employé à la culture de son jardin. Il taillait lui-même ses arbres. Après beaucoup d'expériences, il était parvenu à obtenir plusieurs variétés de fruits, particulièrement des cerises remarquables par leur grosseur et leur goût délicieux. Il se plai-

sait à offrir des greffes et des graines aux amateurs.
Son jardin leur était ouvert en tout temps, et
chacun pouvait y choisir l'objet qui lui convenait.
Il avait fait connaître dans les environs d'Avranches, la culture de la pomme de terre, cet aliment
alors dédaigné, et dont on ne sent pas encore
assez tous les avantages, pour la nourriture de
l'homme et des animaux. Tel était son zèle, qu'il
avait formé une école gratuite de jardinage, où
tout le monde était admis. En peu de temps ses
leçons et son exemple produisirent les changemens les plus avantageux, dans la culture des jardins de ce pays, dirigés jusqu'alors par la plus
aveugle routine.

Quoiqu'il eût quitté le séjour de Paris, l'amitié de M. Gilbert des Voisins et la société des
savans l'y rappelaient de temps en temps. Dans
un de ses voyages, il présenta des greffes de cerises de son jardin à Louis XV. Le roi voulut
les placer lui-même, et lui fit l'accueil le plus
flatteur.

Aux connoissances vastes qu'il avait acquises
dans la physique végétale, M. le Berriays en joi-
gnait de non moins étendues, dans des parties bien
différentes. Sa conversation toujours instructive,
s'étendait sur beaucoup de matières, qu'on au-
rait cru devoir lui être étrangères. Il la rendait
piquante par des citations, des anecdotes et des
faits, qu'il racontait avec un talent particulier.
Sous tous ces rapports, on est frappé de la res-
semblance qui existe entre M. le Berriays et M.
Evelin, traducteur anglais *du parfait de la
Quintinye*. Comme Evelin, il était également

instruit dans les langues savantes et dans les sciences. Au milieu de ses autres travaux, il avait continué de se livrer aux langues grecque, latine,
anglaise et italienne. Il se fit même un plaisir, à
l'âge de quatre-vingts ans, d'enseigner le grec à
un jeune homme qu'il avait pris en affection, et
qui en était bien digne, soit par les grandes dis—
positions de son esprit, soit par la reconnaissance
qu'il a toujours conservée pour son bienfaiteur :
je veux parler de M. Barenton.

Il possédait la musique, et même il compo-
sait facilement, si nous en jugeons par quelques
morceaux que nous avons entendus. Les fruits
qu'il a peints avec tant de vérité et de fraîcheur,
prouvent jusqu'à quel degré il avait approché de la
perfection en ce genre. C'était aussi le talent particulier de le Nôtre, qui s'est fait une si grande répu-
tion dans l'art de former et d'embellir les jardins.
Beaucoup des dessins et des peintures de le Nôtre se voient encore au Muséum d'histoire naturelle de Paris. Il est à regretter que déjà ceux de
M. le Berryais soient pour la plupart dispersés,
sans qu'on sache ce qu'ils sont devenus.

Il avait de grandes connaissances en architecture. Il n'est personne qui n'ait admiré la coupole
de la halle au bled de Paris, conçue par Philibert
de Lorme, et depuis exécutée par MM. le Grand
et Molinos. On prétend que c'est M. le Berriays
qui rappela le souvenir de cette conception ingé-
nieuse et hardie. Plusieurs embellissemens furent
faits d'après ses idées, au château de Gros-Bois.
Il avait appris aux habitans des campagnes à se
loger commodément, et sur ses plans ont été

construites les plus belles maisons d'Avranches ;
entre autres le collége. Il avait trouvé , pour le
seconder dans cette dernière entreprise , un homme dont nous nous plaisons à rappeler le nom ,
M. Ferret-Montitier , lieutenant du bailliage d'A-
vranches. Ce magistrat sut communiquer à ses
concitoyens le zèle dont il étoit animé ; et par
leurs nombreuses souscriptions , on vit en 1777
s'élever cet édifice public , qui fait encore l'utile
ornement de cette cité.

Si quelqu'un devait échapper aux orages de la
révolution , c'était sans doute un homme dont
le genre de vie solitaire ne pouvait porter ombra-
ge à aucun parti ; mais quand le corps politique
est agité , tous les membres s'en ressentent. M. le
Berriays fut obligé de se refugier à Rouen , où il
resta caché jusqu'en 1794 , qu'il revint au Bois-
Guérin.

Il reçut en 1800 un hommage bien honorable
de la Société d'agriculture de Paris , une médaille
d'or et le titre de correspondant. (1) La Société
d'agriculture et de commerce de Caen fut à peine
rétablie , qu'elle s'empressa de le recevoir parmi
ses membres non-résidans.

Dans les dernières années de sa vie , M. le
Berriays avait composé , sur les haricots , un
traité orné de 49 planches dessinées et enlumi-
nées , dont il a fait présent à son jeune ami Barenton , et qui est resté manuscrit. (2)

(1) Voyez les Mémoires de la Société d'agriculture du département de la Seine , tome II , page 57.

(2) Voyez le tome X , page 590, du nouveau Dictionnaire
d'histoire naturelle , publié par M. Déterville.

Il avait commencé un travail sur le cidre et le poiré; mais, prévoyant qu'il ne pourrait, à cause de son grand âge, terminer cet ouvrage, auquel il attachait un grand prix, il désirait qu'il fût achevé par la Société d'agriculture de Caen, dont les membres se trouvent plus à portée, dans un pays où les variétés de fruits sont si multipliées, de donner des idées exactes sur celles qu'il faut préférer, et sur la meilleure manière de brasser le cidre. Plusieurs de nos collègues réaliseront sans doute les désirs de M. le Berriays. Nous avons déjà eu occasion de parler d'un mémoire de M. Brébisson (1). M. Louis Dubois a publié sur cette même matière, un ouvrage plein de recherches savantes.

M. le Berriays s'occupait d'une nouvelle édition du traité des arbres fruitiers, augmentée d'un grand nombre d'espèces obtenues par ses expériences, et dessinées par lui-même. Devenu entièrement maître de son travail, il y avait fait quelques corrections et beaucoup d'additions, parmi lesquelles on trouve un traité sur les arbres et arbustes d'ornement. Cet ouvrage devoit former trois volumes grand *in-quarto*. Il en avait aussi réduit les dessins et le texte sous le format *in-octavo*, en deux volumes intitulés : *Petite Pomone française*. Ces manuscrits précieux sont dans les mains de M. le Court. Il se proposait également de faire réimprimer son nouveau *de la Quintinye*, avec plusieurs changemens. Il

---

(1) Voyez l'Analyse des Mémoires lus à la Société d'agriculture et de commerce de Caen, vol. *in-8°*. chez Poisson, an 1807.

venait d'achever le troisième volume , lorsqu'il a
été enlevé par la mort au milieu de ses paisibles
et intéressans travaux , le 7 janvier 1807 , à 85
ans. Il est à observer que le Nôtre, Evelin et Duhamel sont morts a-peu-près au même âge. De
la Quintinye a vécu aussi très-long-temps ; il semble qu'aux occupations douces du jardinage , soit
attachée une vieillesse longue et exempte d'infir-
mités. M. le Berriays observait , il est vrai, un
régime sévère : c'est ainsi qu'avec une santé dé-
licate , il est parvenu à un âge très-avancé.

Quoiqu'il ait parcouru une fort longue carrière, elle a été trop courte pour les pauvres et pour
ses amis. Après vous l'avoir représenté comme
littérateur et comme naturaliste , nous nous fe-
rions un reproche , si nous négligions de parler de ses qualités morales ; car celles-ci sont
bien préférables, et il les préféroit bien lui-même.
Les personnes qui l'ont connu savent qu'en lui, les
qualités du cœur l'emportaient beaucoup sur
celles de l'esprit ; mais sa modestie les lui faisait
cacher avec soin. Dans l'éloge de certains hommes, la difficulté est d'inventer des vertus ; chez
M. le Berriays , l'embarras est de les découvrir. Il
cherchait autant l'obscurité que d'autres courent
après la renommée. Aussi n'aurions nous jamais
connu les différentes particularités de sa vie , sans
les renseignemens qu'ont bien voulu nous communiquer notre estimable associé M. Lemoine,
et M. Barenton , qui l'ont particulièrement fré-
quenté.

Malgré la médiocrité de sa fortune , il la con-
sacra , tant qu'il put en jouir , à soulager les mal-

heureux. Il étoit devenu le père de tous les indi-
gens. Né avec cette sensibilité qui porte l'ame vers
la bienfaisance, et qui donne tant de poids à la
vertu, il allait au-devant des infortunés, pour
leur tendre une main secourable ; et comme toute
sa vie il contribua au bonheur des autres, toute
sa vie il fut heureux lui-même. Une de ses qualités
favorites était la patience, vertu sociale qui en
suppose beaucoup d'autres, et qui est le signe
particulier du calme de l'ame. Il en montrait dans
ses actions, dans ses discours, dans ses études.
S'il avait acquis tant de connoissances, il les devait moins encore à la facilité de son esprit qu'à
l'assiduité de son travail. Il ne se permettait même
aucun des délassemens qui souvent paraissent in-
dispensables ; mais il avait l'art de varier ses savantes occupations, de manière que l'une servait
comme de repos à l'autre.

Son genre de vie très-sédentaire, ses occupations sérieuses et peut-être trop multipliées avaient
fini par donner à son caractère une certaine teinte
de tristesse. En général, il était d'un abord froid.
Il gardait un silence presque morne, avec les étran-
gers que la curiosité attirait près de lui ; mais il se
montrait aussi expansif avec ses amis, que réservé
avec les personnes qu'il ne connaissait point.

Ce n'est pas par caprice, par amour de la sin-
gularité, et pour faire parler de lui, qu'il s'était
retiré à la campagne. L'amour de la science et le
goût de la solitude l'y avaient seuls conduits. Souvent ses amis lui proposèrent de renoncer à sa retraite du Bois-Guérin ; mais il leur faisait parcourir
son jardin, et leur montrant ses belles et riches

productions, il leur rappelait cette réflexion d'un ancien qui, fixé à la campagne depuis quelques années, disait qu'il avait passé soixante et seize ans sur la terre, et qu'il n'en avait *vécu* que sept.

Pour résumer, et faire en peu de mots l'éloge de M. le Berriays, nous observerons qu'il n'eut qu'une passion ; ce fut celle de faire le bien. Nous ajouterons ce qu'on a dit d'un personnage célèbre du dernier siècle, qu'il fut le meilleur des hommes. Aussi le nom de ce respectable vieillard, resté en grande vénération dans la ville d'Avranches, n'y est-il prononcé qu'avec le sentiment de la reconnaissance. Heureux le pays qui a vu naître, et qui a possédé un homme d'un si rare mérite ! Il avait désiré ne pas mourir sans être utile à sa patrie. Ses désirs ont été doublement accomplis, puisqu'il est parvenu à propager la science et à faire chérir la vertu.

www.ingramcontent.com/pod-product-compliance
Lightning Source LLC
Chambersburg PA
CBHW061432170626
46811CB00005B/2242